A CLICHY

ÉPISODE DE LA VIE D'ARTISTE, EN UN ACTE

PAR

MM. DENNERY ET E. GRANGÉ

Musique de M. ADOLPHE ADAM

Représenté pour la première fois, à Paris, sur le Théâtre-Lyrique, le 24 décembre 1854.

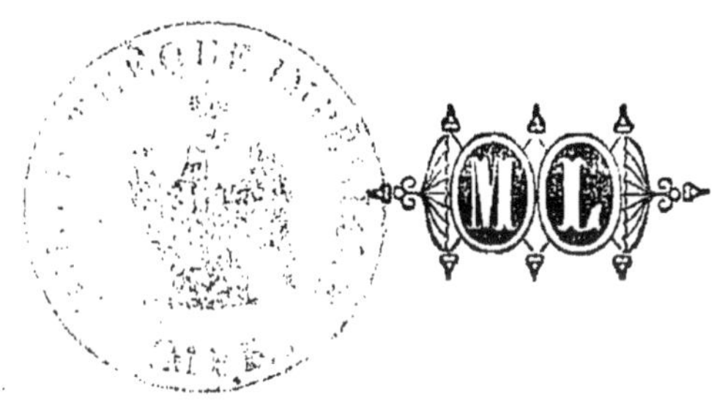

PARIS
MICHEL LÉVY FRÈRES, LIBRAIRES-ÉDITEURS
RUE VIVIENNE, 2 *bis*

1855

Les Auteurs et les Éditeurs se réservent le droit de représentation, de traduction et de reproduction à l'étranger.

Th.

Yth 14

Distribution de la Pièce.

HECTOR BAGNOLET, poëte	MM. LEGRAND.
PROSPER BAGNOLET, compositeur	RIBES.
DUCORMIER (vieux provincial)	LEROY.

La scène se passe de nos jours.

S'adresser pour la mise en scène, à M. Arsène, régisseur, au Théâtre-Lyrique.

A CLICHY

Le théâtre, séparé par le milieu, représente deux cellules de Clichy. — Dans la cellule de droite, celle d'Hector, est une table avec des papiers; contre la cloison, une draperie de toile verte suspendue à une tringle et servant à préserver les habits. Dans la cellule de gauche, celle de Prosper, est un piano. — Dans chacune des chambres, un lit de fer en deux chaises.

SCÈNE PREMIÈRE

PROSPER, HECTOR.

HECTOR, assis dans la cellule de droite, et à part.

A Clichy!

PROSPER, assis dans la cellule de gauche, et à part.

En prison pour dettes!

HECTOR.

Incarcéré depuis un mois pour cause de lettres de change!

PROSPER.

Appréhendé au corps, le jour même de mon retour d'Espagne, juste comme je posais le pied au débarcadère!

HECTOR.

Huit pieds de cellule pour promenade, un factionnaire pour horizon et le jeu de boules pour délassement... comme c'est gai pour un poëte!

PROSPER.

Et l'on ose dire :

A tous les cœurs bien nés que la patrie est chère!

Merci! je regrette l'Alhambra!

HECTOR.

Avec ça, j'ai l'agrément d'être tympanisé par un voisin des plus incommodes.

PROSPER.

Pour comble de maux, on m'a logé près de l'être le plus insupportable...

HECTOR.

Un homme qui tape sans cesse du piano!

PROSPER.

Un crétin qui passe sa vie à déclamer!

HECTOR.

Moi qui ai cet instrument en horreur! moi qui me serais fait mettre en prison pour n'en pas entendre!

PROSPER.

Et quelle poésie encore! Des vers qui n'ont de concurrence sérieuse que dans les devises du Fidèle berger.... Ayez donc des inspirations avec un bruit pareil!

HECTOR.

Trouvez donc des hémistiches au son d'une telle musique! Voilà l'heure où il va se mettre à son chaudron..... Ma foi, je vais dans la cour faire une partie de cochonnet... c'est encore moins ennuyeux! (Il tire la draperie qui est contre la cloison, décroche et met son habit, et sort.)

SCÈNE II.

PROSPER, seul.

En prison! arrêté dans mon essor! moi, un compositeur de la plus belle espérance!... car, il ne manque qu'une chose à ma musique, des paroles...... un livret, ce phénix à la chasse duquel galope tout compositeur inconnu.

RÉCITATIF.

Mais à qui m'adresser? où trouver ce poëme,
Idéal de mes jours et rêve de mes nuits;
Cette autre moitié de moi-même,
Sans laquelle mes airs ne sont que de vains bruits?

PREMIER COUPLET.

Un amant, dans sa douce ivresse,
Rêve, auprès de jeune maîtresse,
De longs jours de vive tendresse,
Le ciel pur, le riant coteau;
A l'instant où Phœbé se lève,
Les baisers donnés sur la grève...
Et moi, sans cesse, moi je rêve,
Oui, moi je rêve
Un libretto.
Mes morceaux sont tout faits;
Je réponds du succès.
O toi, mon bon génie,
En qui je me confie,
Au pauvre maestro
Accorde un libretto!
Un petit libretto!
Un joli libretto!

DEUXIÈME COUPLET.

Le poëte, dans son délire,
Pour les vers, où son cœur respire,
Et qu'aux fleurs, aux bois il soupire,

Le poëte trouve un écho.
Qu'une voix à sa voix réponde,
Il est grand, la gloire l'inonde...
Mais en vain, je demande au monde,
A tout le monde
Un libretto!
Mes morceaux sont tout faits,
Je réponds du succès.
O toi, mon bon génie,
En qui je me confie,
Au pauvre maestro
Accorde un libretto!
Un petit libretto!
Un joli libretto!

Ah! si je tenais le gredin qui m'a fait arrêter!

SCÈNE III.

PROSPER, DUCORMIER.

DUCORMIER, à la cantonade.

Cellule numéro 9? bien, merci!... Pardon! est-ce à monsieur Prosper Bagnolet que j'ai le plaisir...

PROSPER.

De parler? C'est à lui-même. (A part.) C'est comme ça que le recors m'a abordé au débarcadère!... Serait-ce un confrère?

DUCORMIER.

Ah! je suis enchanté de vous rencontrer.

PROSPER.

Parbleu! je ne sors pas de chez moi... Et pour cause!

DUCORMIER.

Et comment allez-vous, jeune homme?

PROSPER.

Mal!

DUCORMIER.

Pauvre garçon! vraiment! vous vous trouvez donc ici?...

PROSPER.

Horriblement!

DUCORMIER.

Ça me fend le cœur!

PROSPER, à part.

Il a un cœur! ce n'est pas un recors... (Haut.) Mais permettez!... à mon tour, puis-je savoir...

DUCORMIER.

Qui je suis? Certainement, jeune homme; je m'appelle Ducormier.

PROSPER.

Ducormier ! mais c'est le nom du scélérat qui m'a fait arrêter.

DUCORMIER.

C'est moi-même.

PROSPER.

Et vous osez vous présenter devant moi !

DUCORMIER.

Jeune homme ! vous vous méprenez sur mes sentiments.

PROSPER.

Allons donc !

DUCORMIER.

Oui, j'ai acheté une de vos créances, je l'ai fait protester, je vous ai dénoncé le jugement, signifié la contrainte par corps...

PROSPER.

Et tout cela en mon absence, ce qui est un raffinement de scélératesse !

DUCORMIER.

Mais je n'en suis pas moins un de vos meilleurs amis.

PROSPER.

Par exemple !

DUCORMIER.

Oui, et s'il ne m'est pas possible d'écouter la voix de mon âme sensible, je veux du moins adoucir votre esclavage..... Voyons, que puis-je faire pour vous être agréable? Voulez-vous que je vous abonne au *Mousquetaire* ?

PROSPER, effrayé.

Non !

DUCORMIER.

Aimez-vous le bordeaux?

PROSPER, impatienté.

Non !... (Se reprenant.) Si... (Résolûment.) Mais je n'en veux pas !...

DUCORMIER.

Un pâté de foie gras aurait-il vos sympathies ?

PROSPER.

Eh ! allez donc vous promener !

DUCORMIER, poursuivant son idée.

Avec des truffes ?

PROSPER.

Ou plutôt, non, j'y vais moi-même... Adieu!... et le diable puisse-t-il vous emporter! (Il sort.)

SCÈNE IV.

DUCORMIER, puis HECTOR.

DUCORMIER, seul.

Il m'en coûte d'encourir ses malédictions; mais il m'en coûterait davantage si je le remettais en liberté, car une fois dehors, il pourrait être instruit du testament de son oncle, se mettre à la recherche de son cousin, qui, sans doute, est à Paris, se réconcilier avec lui, suivant le vœu du défunt... et, alors, l'héritage m'échapperait. Car la clause du testament est explicite: si les deux cousins Hector et Prosper Bagnolet, séparés par des haines paternelles, et qui ne se sont pas vus depuis leur plus tendre enfance, se rapprochent et se tendent amicalement la main par-devant maître Foliguet, notaire impérial, ils se partagent le gâteau... Si, au contraire, après un délai de trois mois, cette réconciliation notariée n'a pas eu lieu, c'est moi, Ducormier, parent éloigné, qui hérite à leur place. Il m'est pénible d'employer des moyens rigoureux envers ce pauvre garçon, mon tendre cœur en souffre cruellement; mais, hélas! mon intérêt l'exige.

HECTOR, rentrant chez lui et à part.

Je viens de me trouver nez à nez avec mon odieux voisin... Je suis remonté pour éviter sa compagnie.

DUCORMIER, à lui-même.

Seulement, je veux, en dépit de lui-même, lui offrir quelques légers adoucissements... Allons lui chercher des chatteries. (Il sort.)

SCÈNE V.

HECTOR, seul.

Remettons-nous au régime cellulaire! Et dire que je suis retenu ici pour une bagatelle, quand je devrais croquer gaîment ma part d'un superbe héritage! Mais mon oncle a fait un testament si baroque que sa fortune va peut-être appartenir à un vieux parent de province, faute d'avoir pu retrouver mon cousin, qui vit en Espagne, pendant que moi je suis calfeutré à Clichy.

PREMIER COUPLET.

Je le sais bien, la pauvreté
Est le destin de tout poëte;
Fuyant l'éclat et l'étiquette,

Elle a parfois son bon côté,
Et sa devise est travail et gaîté.
Mais quand je songe à l'héritage
Qui devrait être mon partage,
Ma foi, j'avoue et je soutien
Qu'un peu d'argent ne gâte rien.

DEUXIÈME COUPLET.

Je sais aussi que la prison
Sait exalter une âme ardente :
Jadis elle inspira le Dante ;
Et c'est souvent avec raison,
Qu'on a vanté les murs d'une prison.
Mais quand je vois l'oiseau qui passe
Et vole en chantant dans l'espace,
Ma foi, j'avoue, et je soutien,
Qu'un peu d'air ne gâterait rien.

Bah ! de la philosophie !.. Je viens de recevoir une lettre de maître Foliguet qui m'annonce que puisque je ne puis aller chez lui, il viendra me rendre visite dans ma prison. Peut-être m'apportera-t-il des nouvelles de mon cousin. En attendant, tâchons de trouver quelques rimes. (Il réfléchit.)

SCÈNE VI.

HECTOR, à droite, PROSPER, à gauche.

PROSPER, rentrant chez lui.

C'est singulier comme le grand air m'a mis en verve !

HECTOR.

Je tiens quelque chose. (Déclamant.)

Par la nuit noire, au bord de la lagune...

PROSPER.

Mettons-nous vite au piano. (Il s'assied devant le piano.)

HECTOR.

Qu'est-ce qui rime avec lagune? Ah !... lune... ah ! bien !... oui, mais, par la nuit noire, il n'y a pas de lune... (Prosper joue forté.) Saperlotte ! le voilà qui repianote.

PROSPER, après avoir joué quelques mesures.

Je suis assez content de ce motif.

HECTOR, déclamant avec impatience.

Par la nuit noire, au bord de la lagune,
Rame en chantant un jeune gondolier.

PROSPER.

Comment, il déclame encore !

HECTOR, continuant.

Sur son front pâle et sous sa cape brune
On voit... (Ici le piano de Prosper l'interrompt.)

Allons, bon! je n'y suis plus du tout, je perds le fil de mes idées. (Déclamant avec fureur.)

Sur son front pâle et sous sa cape brune,
On voit briller... (Nouvelles variations de Prosper.)

Il n'y a pas moyen de s'entendre!... Et depuis trois jours qu'il est ici, voilà mon existence!... maudit piano!... Oui, tape! tape!... Mais c'est à devenir fou! mais c'est à se briser la tête contre les murs... oui, c'est à se la briser contre... (Tout en parlant et dans un paroxysme de colère, il a donné de la tête et du poing contre la cloison, dont une partie s'enfonce, et la tête d'Hector passe par le trou qu'elle vient de faire. — Il jette un cri.) Ah!

PROSPER, s'interrompant au bruit.

Entrez!

HECTOR, la tête toujours dans le trou et avec stupeur.

Oh! J'ai fabriqué un vasistas!

PROSPER, se levant.

Quelle est cette tête qui s'introduit chez moi?... (Reconnaissant Hector.) Comment! c'est vous qui vous permettez de pratiquer des jours de souffrance?

HECTOR, se frottant.

Oui, de souffrance... c'est le mot! Oh! là! là! ma tête!

PROSPER.

Mais enfin... m'expliquerez-vous, Monsieur?...

HECTOR.

C'est la faute de votre piano qui me donne des crispations... Monsieur! (Il retire sa tête du trou.)

PROSPER, passant la tête par l'ouverture.

Je vous conseille de vous plaindre, quand vous m'assommez de vos bouts-rimés, Monsieur. (Il retire sa tête.)

HECTOR, passant la sienne.

Vous êtes un insolent, Monsieur!

PROSPER, même jeu.

Et vous, un paltoquet, Monsieur!...

HECTOR, parlant d'un côté du trou.

Vous m'en rendrez raison, Monsieur!...

PROSPER, parlant de l'autre.

Soit!... Votre jour?

HECTOR.

Le vôtre?

PROSPER.

Je sors d'ici dans quatre ans.

HECTOR.

Moi dans cinq.

PROSPER.

D'aujourd'hui en cinq ans!

HECTOR.

D'aujourd'hui en cinq ans!... à midi précis!

PROSPER.

J'y serai.

HECTOR.

C'est bien! voici ma carte.

PROSPER.

Voici la mienne. (Ils les échangent.)

HECTOR, la mettant dans sa poche.

Il suffit!

PROSPER, de même et à part.

Allons! c'est un duel pour dans cinq ans! Et pourtant, c'est drôle, l'approche du danger ne me cause aucune émotion.

HECTOR, de même.

Un duel! si je faisais mon testament!... Il est vrai que d'ici à cinq ans, je n'ai pas besoin de me presser.

PROSPER.

A propos, comment s'appelle mon ennemi? (Il sort la carte de sa poche.)

HECTOR, de même.

Je suis sûr qu'il a un nom affreux... un nom bête... (Lisant.) Bagnolet! Mais c'est ma carte qu'il m'a rendue!

PROSPER, lisant.

Bagnolet!... Ah! çà, mais je n'ai que ma carte!... Dites donc, vous m'avez repassé ma carte!

HECTOR.

Dites donc, vous m'avez repassé la mienne! (Ils échangent de nouveau.)

PROSPER.

Tenez!

HECTOR.

Prenez!

PROSPER, regardant la carte que vient de lui passer Hector.

Encore!

HECTOR, regardant celle que lui a passée Prosper.

Même jeu! toujours même jeu!

PROSPER, à part.

C'est une plaisanterie.

HECTOR, à part.

Il se moque de moi !... (Haut.) Nous nous retrouverons, mon petit Monsieur !

PROSPER.

Je l'espère bien, mon grand Monsieur !

HECTOR.

En attendant, veuillez me laisser tranquille.

PROSPER.

Faites-moi le plaisir de m'accorder quelques minutes de répit... j'ai sommeil.

HECTOR, à part, s'éloignant de la cloison et tirant la draperie de manière à cacher le trou.

Tiens, au fait, il m'a réveillé ce matin au point du jour..... si j'essayais de dormir un peu... (Il va pour s'étendre sur son lit, Ducormier ouvre avec précaution la porte et entre chez Hector.)

SCÈNE VII.

LES MÊMES, DUCORMIER, chargé de provisions.

DUCORMIER, à part.

Voici les victuailles... du vin, un saucisson de Bayonne et un pâté de jambon. C'est moins lourd que le pâté de foie gras... et puis, c'est moins cher.

PROSPER, à lui-même.

Étendons-nous un moment sur mon lit. (Il s'y met et s'endort pendant ce qui suit.)

DUCORMIER, à part.

Disposons tout discrètement sur cette table. (Il s'approche de la table, Hector se retourne au bruit.)

HECTOR.

Quelqu'un ! Qui êtes-vous ? que faites-vous là ?

DUCORMIER, à part.

Que vois-je ! ce n'est pas lui !... (Haut.) Pardon, Monsieur, je me croyais chez M. Bagnolet. (Voulant reprendre ses provisions.) Je remporte...

HECTOR.

Du tout ! ne remportez pas, marchand de comestibles ! c'est un ami qui vous a acheté cela pour moi... vous ne vous trompez pas, vous êtes chez M. Bagnolet.

DUCORMIER.

Allons donc ! Je connais Bagnolet ! Le gardien s'est trompé ; il m'a ouvert cette cellule pour l'autre... Je remporte...

HECTOR.

Vous ne remporterez pas ; je vous dis que je suis Bagnolet.

DUCORMIER.

Mais je vous soutiens que non, que diable!

HECTOR.

Tenez... tenez... voici une lettre que j'ai reçue ce matin; une lettre de mon notaire... Elle vous prouvera mon identité.

DUCORMIER, lisant la suscription.

Hector!... Hector Bagnolet!

HECTOR.

Vous voyez que je suis Bagnolet.

DUCORMIER, très-troublé.

Chut! taisez-vous!... (A part.) Ah! grand Dieu!... le second cousin!... Et moi qui ai fourré l'autre ici!... Je les ai mis porte à porte pour qu'ils ne se trouvassent pas..... Je les ai campés nez à nez pour qu'ils ne se rencontrassent jamais!... (Haut.) Qui diable vous a fait mettre ici?

HECTOR.

C'est mon porteur d'eau, je lui devais douze cents francs.

DUCORMIER, à part.

Que faire? que résoudre?

HECTOR.

Eh bien!... Qu'avez-vous donc?... comme vous paraissez agité!

DUCORMIER, à part.

Ah! une idée!... (Haut.) Jeune homme, quelle est votre profession?

HECTOR.

Poëte.

DUCORMIER, à part.

Je ne m'étonne pas qu'il soit logé ici..... (Haut.) Vous êtes poëte?

HECTOR.

Oui.

DUCORMIER.

Combien devez-vous?

HECTOR.

Je vous l'ai dit, douze cents francs.

DUCORMIER.

Vos vers sont-ils bons?

HECTOR.

Sublimes.

DUCORMIER.

Combien en avez-vous de faits?

HECTOR.

Combien ?

DUCORMIER.

Oui, en avez-vous une douzaine ?

HECTOR.

Comment ! une douzaine ! mais ça ne s'achète pas à la... comme les huîtres.

DUCORMIER.

En avez-vous douze ?... là, tout prêts ? Je vous les prends à raison de cent francs la pièce.

HECTOR.

Cent francs !... J'en ai vingt-deux mille.

DUCORMIER.

Non ! non, il ne m'en faut que douze.

HECTOR.

Mais expliquez-moi...

DUCORMIER.

Je suis l'ami des artistes, le vôtre surtout, jeune homme... Je vous aime, jeune homme... je t'admire, grand poëte !... et je veux que vous sortiez d'ici.

HECTOR.

Comment ! vous paieriez pour moi ?

DUCORMIER.

Bien mieux ! Je veux que vous voyagiez... loin d'ici..... en Italie, la patrie de la vraie poésie.

HECTOR, enchanté.

Un voyage en Italie ?

DUCORMIER.

Et à mes frais.

HECTOR.

Et à vos frais ? Mais vous n'êtes pas un homme ! vous êtes... vous êtes un ange... vous êtes un Dieu ! Bonjour, Apollon !

DUCORMIER.

Apollon !

HECTOR.

Oui, vous êtes le blond Phœbus... avec un faux nez.

DUCORMIER.

Enfin !... acceptez-vous ?

HECTOR.

Si j'accepte !... avec amour.

DUCORMIER.

En ce cas, je cours chercher l'argent et je reviens. (Il sort vivement.)

SCÈNE VIII.

HECTOR, PROSPER.

HECTOR.

Mais d'où peut m'arriver un pareil bonheur? Bah! c'est quelque vieux fou!... il ne reviendra pas... oublions ses extravagances, et pendant que mon damné voisin m'accorde un peu de répit, tâchons de reposer mollement. (Il s'étend sur son lit et s'assoupit. — A peine a-t-il fermé l'œil que Prosper ouvre le sien.)

DUO.

PROSPER, se levant avec précaution.

Je n'entends rien, il dort, je pense,
Profitons-en pour travailler.
Mais doucement, pas d'imprudence,
Et n'allons pas le réveiller!

(Il improvise en s'accompagnant d'abord doucement; puis s'anime et finit par un forté.)

HECTOR, s'éveillant et à part.

Bon! le voilà qui recommence!

PROSPER, à part.

Je viens, je crois, de m'oublier.

ENSEMBLE.

Mais doucement, pas d'imprudence!
Il ne faut pas le réveiller!

HECTOR.

Mais, par bonheur, il fait silence,
Tâchons, tâchons de sommeiller!

PROSPER, jouant.

Tâchons de moduler;
Bon, nous sommes en sol,
Et je voudrais aller
Bien vite en mi bémol.
C'est cela!
M'y voilà!
La, la, la, la, la, la...

HECTOR.

Encor!
Ah! c'est trop fort!
Eh bien! morbleu!
Nous allons être à deux de jeu.

(Déclamant.)

O jeune fille,
A l'œil qui brille,
Comme scintille
L'étoile aux cieux...

PROSPER.

Encor ! encor ! ah ! saprebleu !
Nous allons être à deux de jeu !
(Chantant et jouant.)
La, la, la, la, la, la.

HECTOR, déclamant en même temps.

Sois mon idole !
A toi gondole
Et barcarolle
Sur les flots bleus !

ENSEMBLE.

Au diable !
C'est insupportable !

PROSPER, avec colère.

Monsieur !...

HECTOR, de même.

Monsieur !...

PROSPER.

Finissez votre train !

HECTOR.

Et finissez vous-même !

PROSPER.

Je me lasse à la fin.

HECTOR.

Votre piano m'agace le système.

PROSPER.

Je chante, cela me distrait.

HECTOR.

Je déclame, cela me plaît.

PROSPER.

Eh bien ! soit ! Bacchanal complet !

ENSEMBLE.

Vraiment, j'étouffe de colère !
Oui, bacchanal ! et l'on verra
Celui de nous de cette guerre,
Qui le premier se lassera.

PROSPER, chantant et jouant.

La, la, la, la, la, la.

HECTOR, déclamant.

O jeune fille,
A l'œil qui brille
Comme scintille
L'étoile aux cieux, etc.

HECTOR, s'arrêtant.

Eh ! mais, vraiment...

PROSPER.

C'est étonnant!

HECTOR.

Mais c'est unique!

PROSPER.

Oui, c'est unique!
Ce que déclame ce croquant,
Irait très-bien sur ma musique.

HECTOR.

Ce que chante cet animal
Sur mes vers n'irait pas trop mal.

PROSPER.

O jeune fille,
A l'œil qui brille
Comme scintille
L'étoile aux cieux...

HECTOR.

Sois mon idole!
A toi gondole
Et barcarolle
Sur les flots bleus!

ENSEMBLE.

Ah! c'est charmant!
Mais oui, vraiment,
Cela s'accorde exactement.

HECTOR.

Et moi qui lui faisais la guerre!

PROSPER.

Moi qui toujours le rudoyais!
Pour l'apaiser, comment donc faire?

HECTOR.

Ah! si j'osais...

PROSPER.

Si j'essayais...

HECTOR, se rapprochant de la cloison et saluant.

Monsieur!

PROSPER, de même.

Monsieur!

HECTOR.

Je suis auteur.

PROSPER.

Et moi, Monsieur, compositeur.

HECTOR.

Un maître de talent!

PROSPER.

Un poëte excellent !

HECTOR.

Vous me flattez vraiment !

PROSPER.

Non, c'est sans compliment !
Et tout à l'heure,
Vous récitiez des vers délicieux.

HECTOR.

A l'instant même que je meure,
Si tous vos chants ne sont dignes des cieux.
Quel tour original !

PROSPER.

Quel élan poétique !

HECTOR.

Et si vous le vouliez...

PROSPER.

Si vous y consentiez...

HECTOR.

A nous deux nous ferions...

PROSPER.

Un opéra-comique.

HECTOR.

Accepté !

PROSPER.

Touchez-là !

HECTOR.

Convenu !

PROSPER.

Entendu !

ENSEMBLE.

Nous voilà donc amis
Et par Apollon réunis !
Déjà partout, en sortant du théâtre,
Je crois entendre un public idolâtre
Crier bravo !
Ah ! que c'est beau !
Que c'est donc beau !
Que d'effets !
Quel succès
Déjà je me promets !
Partout quel brouhaha,
Fera notre opéra !

PROSPER.

Surtout lorsque l'on chantera :
O jeune fille,
A l'œil qui brille,
Comme scintille
L'étoile aux cieux...

HECTOR.

Sois mon idole!
A toi gondole
Et barcarolle
Sur les flots bleus !

ENSEMBLE.

Ah ! que d'effets !
Et quel succès
Oui, quel succès
Je me promets !
Quel brouhaha
Cela fera,
Quand on jouera
Notre opéra!
Que d'effets !
Quel succès
Déjà je me promets !

PROSPER.

Eh ! vite, notons l'air que je viens de composer.

HECTOR.

Écrivons sur-le-champ mes improvisations. (Prosper s'assied à son piano et se met à noter son air. — Hector va pour s'asseoir à la table, lorsque Ducormier entre vivement dans sa chambre.)

SCÈNE IX.

HECTOR, PROSPER, DUCORMIER.

DUCORMIER, entrant vivement chez Hector.

Me revoilà !

HECTOR, à part.

Tiens ! je ne songeais plus à lui.

DUCORMIER.

J'apporte votre rançon... Prenez vite vos papiers, votre linge, et partons.

HECTOR.

Comment ! partons !

DUCORMIER.

Sans doute ! Dans mon amour des arts, j'ai hâte de vous voir en route. Ah ! vous irez loin, jeune homme !... D'abord vous irez en Italie. Il y a un train express à quatre heures, vous le prendrez... et vous filez, grande vitesse.

HECTOR.

Ah çà, mais c'est donc sérieux? vous voulez donc m'envoyer...

DUCORMIER.

En Italie, dans la belle Italie.

HECTOR.

Merci! mais j'ai changé d'idée.

DUCORMIER.

Ah! ciel!

HECTOR.

Je ne pars plus.

DUCORMIER.

Ah! grand ciel! mais songez donc, jeune poëte, qu'en Italie vous trouverez les plus grands compositeurs du monde. Rossini! Savez-vous pourquoi depuis vingt-cinq ans Rossini ne fait plus d'opéras?

HECTOR.

Non.

DUCORMIER.

Eh bien! c'est parce qu'il n'a pas de poëme... Partez! partez vite! Il vous attend, jeune homme!

HECTOR.

Non, j'ai mon affaire, je reste.

DUCORMIER, à part.

Ah! mon Dieu! que devenir? quel parti prendre? Il faut pourtant que je les sépare... Ah! une autre idée! (Il sort et emporte ses provisions.)

HECTOR.

Eh bien! il s'en va sans me dire adieu. Où court-il ainsi? Décidément, il est fou! N'importe! m'en voilà débarrassé!... Fixons mes vers sur le vélin. (Il s'assied à la table et se met à écrire. — Ducormier fait irruption dans la chambre de Prosper.)

DUCORMIER, chez Prosper.

Me revoilà!

PROSPER, se levant.

Comment! c'est encore vous!

DUCORMIER.

Oui, cher ami, c'est moi qui viens vous offrir un dîner et la liberté.

PROSPER.

Vraiment?

DUCORMIER.

Je suis trop l'ami des artistes pour laisser un talent comme le vôtre sous le boisseau... Je veux vous pousser, je veux que vous fassiez fortune... Il y a un train express à quatre heures; je vous y insère... et vous filez à toute vapeur.

PROSPER.

Comment! je file?

DUCORMIER.

Prenez vos cahiers, votre linge, et partons.

PROSPER.

Mais où diable voulez-vous donc m'envoyer?

DUCORMIER.

En Italie... dans la belle Italie!..

PROSPER, avec joie.

En Italie!... moi?... (Changeant de ton.) Merci, non, je refuse.

DUCORMIER.

Mais songez donc que c'est en Italie que fleurissent les plus grands poëtes du monde... Vous y trouverez des *libretti* par milliers.

PROSPER.

J'ai mon affaire ici... je reste...

DUCORMIER, à part, avec désespoir.

Et lui aussi! (Haut.) Ah! jeune homme, au nom de votre gloire, ne résistez pas à ma prière, cédez à mes vœux.

PROSPER.

Non, non, tout est inutile... j'aime mieux la prison.

DUCORMIER.

Je vous en supplie, je vous en conjure à genoux.

HECTOR, qui écoute depuis un moment.

Je ne me trompe pas, c'est la voix du vieux.

DUCORMIER, à Prosper.

Venez.

PROSPER.

Eh! non, laissez-moi!

HECTOR, s'approchant de la cloison.

Une querelle!... Qu'est-ce donc?

PROSPER, à Hector.

Ah! cher ami, venez à mon secours.

HECTOR.

A votre secours?... j'y vole! (Il sort vivement.)

TRIO FINAL.

DUCORMIER, à part.

Il va venir ! tout est perdu !

HECTOR, entrant chez Prosper.

Qu'arrive-t-il ?... Qu'ai-je entendu ?

PROSPER.

Ah ! venez, venez à mon aide,
Contre cet homme généreux,
Qui me tourmente et qui m'obsède,
Pour me faire quitter ces lieux !

HECTOR.

Vraiment !

PROSPER.

Il offre de payer mes dettes.

HECTOR.

C'est une offre des plus honnêtes,
Il faut vite accepter.

PROSPER.

Accepter ?

HECTOR.

Sans hésiter !

PROSPER.

Y songez-vous ? quelle folie !
Mais il m'envoie en Italie.

HECTOR.

Vraiment ? Il faut vite accepter !

DUCORMIER, à part, se frottant les mains.

Eh ! mais, cela marche à merveille !

PROSPER.

Quoi ! mon auteur me le conseille ?

HECTOR, montrant Ducormier.

Oui ; car ce qu'il vous offre ici,
Il vient de me l'offrir aussi.
Et, dès ce soir, tous deux...

DUCORMIER, vivement.

Comment, tous deux ?

HECTOR.

Sans doute ;
Libres, joyeux,
Nous nous mettons en route...

PROSPER.

Grâce à cet homme généreux.

HECTOR.

Grâce à cet homme généreux.

ENSEMBLE.

HECTOR ET PROSPER.

Ah! le charmant voyage !
Par l'amitié, par les plaisirs,
Oui, tous les deux, de ce pèlerinage
Nous charmerons tous les loisirs!
Pour nous quel sort flatteur!
Merci, cher bienfaiteur!

DUCORMIER, à part.

Ah! le maudit voyage!
Voyez pour moi le beau plaisir!
Je vais ouvrir leur cage,
Afin de mieux les réunir!
Vraiment, c'est trop d'honneur!
Merci de tout mon cœur!

DUCORMIER.

Permettez... il faudrait s'entendre...

HECTOR.

Nous acceptons,
Et nous partons.

DUCORMIER.

Certainement j'ai l'âme tendre
Et j'aime à faire des heureux;
Mais ma fortune est fort modeste,
Mes bons amis, et je ne peux
Faire partir qu'un de vous deux.

HECTOR.

Alors c'est différent!... je refuse.

PROSPER.

Je reste,
Près de mon cher auteur!

HECTOR.

Moi, près de mon compositeur,
Comme Pylade auprès d'Oreste.

PROSPER.

Comme Pylade auprès d'Oreste.

DUCORMIER, à part.

Allons, bien, nous y revoilà!

PROSPER.

Nous achevons notre opéra...

HECTOR.

Et quel bonheur quand on viendra
Dire au public, suivant l'usage:
L'auteur est monsieur Bagnolet...

PROSPER.

Pardon!
Mais le poëte a toujours l'avantage ;
On le nomme en premier.

HECTOR.

Eh! bien, que fais-je donc?

PROSPER.

Vous dites Bagnolet...

HECTOR.

Bagnolet, c'est mon nom.

PROSPER.

Mais c'est aussi le mien !

HECTOR.

Grand Dieu ! c'est mon cousin!

PROSPER.

O ciel! c'est mon cousin!

HECTOR ET PROSPER.

Je te trouve enfin !

ENSEMBLE.

PROSPER ET HECTOR.

Quel bonheur! quelle ivresse!
Et pour moi quel transport!
Dans mes bras je te presse,
Oh! c'est un coup du sort!

DUCORMIER, à part.

Plus d'espoir de richesse!
Quel affreux coup du sort!
Ah! je tombe en faiblesse !
C'en est fait, je suis mort!

HECTOR, montrant Ducormier.

(Parlé.) Qu'a-t-il donc? quelle piteuse mine !

PROSPER.

C'est vrai, mais qu'avez-vous donc, monsieur Ducormier?

HECTOR.

Ducormier?... je comprends, il héritait à notre place!

PROSPER.

C'est donc pour cela qu'il m'incarcérait!...

HECTOR, à Ducormier.

Rassurez-vous, nous agirons en bons parents.

PROSPER.

Nous héritons de trois cent mille francs...

HECTOR.

Nous vous ferons trois cents livres de rente.

DUCORMIER.

Les ingrats!...

LE GARDIEN, annonçant.

Maître Foliguet, notaire. (Il sort.)

DUCORMIER.

Voilà le coup de grâce !

TOUS, reprise du morceau.

Le notaire!

(Ducormier s'empare des provisions de bouche et se sauve.)

PROSPER.

Vite, allons exaucer
Le vœu du donataire.

ENSEMBLE.

Et, par-devant notaire,
Courons tous deux nous embrasser!

(Reprenant le motif du duo.)

Déjà partout, en sortant du théâtre, etc.

(Ils sortent par le fond, le rideau baisse.)

FIN.

POISSY. — TYPOGRAPHIE ARBIEU.

www.ingramcontent.com/pod-product-compliance
Ingram Content Group UK Ltd.
Pitfield, Milton Keynes, MK11 3LW, UK
UKHW020448220726
13923UKWH00005B/2408

9 782019 265557